이제야 내 뒤를 돌아본다

이제야 내 뒤를 돌아본다
이지윤 지음

초판 인쇄 2018년 10월 05일
초판 발행 2018년 10월 09일

지은이 이지윤
펴낸이 신현운
펴낸곳 연인M&B
기 획 여인화
디자인 이희정
마케팅 박한동
홍 보 정연순
등 록 2000년 3월 7일 제2-3037호
주 소 05052 서울특별시 광진구 자양로 56(자양동 680-25) 2층
전 화 (02)455-3987 팩스 (02)3437-5975
홈주소 www.yeoninmb.co.kr
이메일 yeonin7@hanmail.net

값 10,000원

ISBN 978-89-6253-222-7 03810

이제야 내 뒤를 돌아본다

이지윤 지음

연인M&B

| 시인의 말 |

마이크만 보고 살아온 20~30대,

유치원 아이들 교육만 생각하며 살아온 40대와 50대~.

그러다가 재건축하는 오래된 마을에서 지나온 나를 돌아봅니다.

나의 인성과 인품을 리모델링, 재건축하면서 익어 가려고…

뒤돌아 뒤돌아봅니다.

2018년 9월

이지윤

1부

2부

3부

4부

1부

삶은 흘러가는 물처럼…

아름다운 人生학교

영국에 가면
아름다운 인생학교가 많다고 합니다.
시니어들이 모여 서로 재능기부하며, 회식도 하며
인생을 아름답게, 덜 외롭게 살려는 학교랍니다.
유아학교를 33년 운영하며 third age에는
인생학교를 설립해 보고 싶다는 의지를 키웠습니다.
요리를 잘 하는 사람, 색소폰을 잘 부는 사람
여행을 많이 한 사람, 글을 쓰는 文人, 사진작가 등이 모여서
자기들이 사는 동네를 즐겁고, 예쁘게 가꿔 나가는 사람들
그런 사람들이 늘어나야 문제의 사건도 줄어들고
비행청소년도 줄어들고 바람직한 사회가 되리라 믿습니다.
老人유치원이 늘어나는 요즘
아름다운 인생학교가 생겨나면
우울증을 앓는 노인은 줄어들리라 생각합니다.

소확행(小確幸)

소소한 일상에서 행복을 느끼는 젊은이들이 많아졌습니다.
행복은 감사에서 오는 것이지
크고, 불확실한 것에서 오지는 않습니다.
반려견과 산책하며 가을 마중을 할 때
연인과 부부가 손잡고 걸으며 풀벌레 소리 들을 때
좋아하는 음악을 듣거나 연주할 때
맛있는 음식을 만들어 먹을 때
뜻밖의 수입이 생겼을 때
우리는 소소하지만 확실한 행복을 느낍니다.
가족들이 한 줄로 징검다리를 건널 때
행복을 느꼈다는 여인도 있습니다.
많은 돈을 써야 행복한 것은 결코 아닙니다.
작은 기쁨들이 모여서 행복이 되는 것입니다.
작은 것이 아름다운 시대에 작은 꿈을 이루며 알차게 사는
소확행의 젊은이들이 늘어나다니 반가운 현상입니다.
승리하면 조금 배우지만 실패하면 모든 것을 배운다며
실패조차 두려워하지 않는 청년들.
그들이 있어 老人들도 확실한 행복을 만들어 갑니다.

결혼 이야기

서로 사랑하게 되면, 조건이 맞으면 결혼을 합니다.
함께 살면 여러모로 바람직할 것이라 믿고…
그러나 그 얼마나 많은 부부가 결혼으로 인해
서로 멀어지게 되었는지…
토마스 플러라는 사람은 남자가 가지고 있는
최고 또는 최악의 재산은 바로 그의 아내라 했습니다.
생텍쥐페리는 사랑은 서로 마주보는 것이 아니라
함께 같은 곳을 보는 것이라고 했습니다.
프레드리히 니체는
결혼은 서로의 곤경을 같이 치러 주는 것이라 했습니다.
그러나 많은 남녀가 결혼은 사랑의 무덤이라며
결혼하지 않고 독신으로 살겠다 합니다.
프랑스에서는 결혼이라는 제도 말고
동거에 가까운 그런 형태의 현상이 있다고 합니다.
헤어질 때 위자료니, 양육비니 따지지 않아도 되는 그런 모습!
서로 좋은 면을 북돋아주면서 조금 더 우아한 삶을 꿈꾼다면
분명 금슬 좋은 부부가 많이 보이리라 믿습니다.
악기를 배운다던가, 봉사한다던가 해서
덜 공격적이고 집중력 좋은 부부가 많아졌으면!
소리 지르며 싸우는 집 앞에서는 심장이 두근두근 뛰지만
악기를 연주하는 집 앞에서는
아! 저 집에는 좋은 사람들이 살고 있구나.

미소 짓게 되고 안심이 됩니다.
아이들에게 악기 하나씩은 꼭 가르쳐서 결혼을 시켜야겠습니다.
혼수로 첼로나 바이올린을 사 주는 것이
큰 냉장고나 큰 집을 사는 것보다 현명하다는 생각입니다.
참 어려운 것이 〈결혼〉입니다.
결혼해서 행복하려면
돈도 들고, 사랑도 들고
시간도 들고, 노력도 들고, 철이 듭니다.
철들자 〈늙은이〉가 됩니다.
그것이 세라비! 인생입니다.

人生이란…

인생은 善과 붙어 있는 악의 존재를 깨닫고
그 안에서 현명하게 살아가는 해답을 찾아가는 과정입니다.
악도 대물림된다는 말이 무서워서
40도를 육박하는 폭염 속에서 한기를 느꼈습니다.
인생이 매뉴얼대로만 된다면?
얼마나 쉽고, 아름다울까요?
人生이란 江물처럼 흘러가는 시간 속에서
허우적거리며 善을 찾아가는 여행 같습니다.
선한 사람은 드물지만…
그래도 그런 사람을 의지하고 가는 여행 말입니다.
내 人生이 아니라 남의 인생을 살면서
시간을 낭비하는 때도 있지만…
인생은 살면 살수록 더 어려운 듯합니다.
실패는 성공에 이르는 경로가 아니라
실패 그 자체로 포용할 때 인생은 아름다워지고
실패가 성공이 될 수는 없지만
성장이 될 수는 있을 것입니다.
잃을 게 없는 人生은 바람 같은 것
역설적이게도 바로 그곳에서
다시 시작할 수 있는 것이
人生입니다.

오복(五福)

서경(書經)에 나오는 오복은
오래 사는 것
부유하게 사는 것
선행을 베풀어 덕을 쌓는 것
질병 없이 살다가 고통 없이 죽는 것이라고 합니다.
그렇다면 현대인이 바라는 오복은 어떤 것일까요?
건강, 배우자, 재력, 직업, 친구라 합니다.
좋은 배우자 만나 경제력 있고, 좋은 직업 가지고
친구 곁에 두고, 건강하게 사는 것
소박한 바람이지만
사실 다섯 가지 복을 갖추기란 쉽지 않습니다.
좋은 배우자 만나기도 쉽지 않고
건강도 마음대로 안 되고, 부자 되기도 쉽지 않습니다.
오복(五福)을 갖추려면…
남을 섬기고, 열심히 일하고, 좋은 친구가 되려 하고…
결국 노력해야 복을 갖추게 되나 봅니다.
남이 받은 축복 시샘하지 말고
내가 머리카락처럼 많은 죄 회개하고
진정으로 착하게 살아야 할 것입니다.
착한 끝은 있다고 하니 말입니다.

여름의 뒷모습

어쩌다가 뒷모습을 볼 때가 있습니다.
앞모습은 매일 보지만… 뒷모습은 가끔 봅니다.
뒷모습은 왠지 씁쓸합니다.
나이 먹을수록 달라집니다.
앞모습은 얼굴로 표정을 나타내지만
뒷모습은 그저 등과 허리로
자태를 보여 줄 수밖에 없기에 거짓이 없습니다.
그래서 뒤돌아 가는 모습을 배웅하노라면
눈물이 고입니다.
여름도 한풀 꺾인 정원을 봅니다.
정원은 사람들이 가꿔 주지 않으면
버려진 여인처럼 초라합니다.
잡초가 큰소리치며 자라고
오래 제자리 지키던 사랑받던 꽃들은
가뭄에 시들어 버렸습니다.
잘 가꿨던 정원을 함부로 내버려 둔 사람에게
증오를, 경멸을 느낍니다.
그토록 기세등등하던 사람이 풀이 죽은 모습도 딱하지만…
여름이 떠나가는 모습도 딱합니다.
가뭄으로 말라 버린 꽃과 나무들
짝짝 거북이 등처럼 갈라진 저수지 바닥이 드러나는 江
여름을 유난히 싫어하는 까닭은

사람의 지성까지도, 감성도

여름이 눌러 놓는다는 것입니다.

더운 나라의 문화가 뒤떨어질 수밖에 없음을

한여름에 느낍니다.

이제 떠날 채비를 하는

여름의 뒷모습이 조금은 초라해 보입니다.

그래도 내년에 여름은 또 기세등등 찾아올 것입니다.

모기조차 활동을 못했던 여름.

과일도 제대로 익지 못한 여름.

여름이여! 잘 가시라.

늙은 부모들

초고령사회인 일본은
한국의 경로당에서 벤치마킹
마을에 몇 십 개의 시니어 살롱을 만들어
서로 도우며 살아간다고 합니다.
입원할 때, 퇴원할 때
경조사를 서로 챙기며 살아가는 老人들
혼자 죽어 가는 사람이 많은 마을은 너무나 쓸쓸합니다.
자식 하나 대학까지 졸업시키는데 2억 896만 원
결혼시키는데 2억 7420만 원
이토록 많은 돈이 듭니다.
그런데도 자녀들은 독립을 못하고
부모에게 기대 사는 경우가 적지 않아서
새로 만들어진 신조어(新造語)가 있습니다.
캥거루족, 부모의 노후자금에 빨대를 꽂고 사는 빨대족
부모라는 방어막 속에 숨어 버리는 젊은이는 자라족
독립했다가 생활고로 다시 부모에게 돌아가는
2~30대 직장인은 연어족
높은 전세가, 육아문제 등으로 부모 곁으로 다시 돌아가는
리터루족, 리터루란 리턴과 캥거루의 합성어라고 합니다.
그러고 보면 가장 중요한 노후대비 재테크는
자녀의 경제적 독립입니다.
5060세대는 늙은 염낭거미를 닮아 간다고 합니다.

자기 살까지 내어주는 독거미가 염낭거미인데요.
결혼시켜도 끝이 아닙니다.
손주 육아까지 끝이 아닙니다.
그러니 노인들은 요양원으로, 요양병원으로 유배되어
외롭게 생을 마감하기도 합니다.
老人의 인생 마무리.
그것에 대한 연구가 시급한 때입니다.
오로지 아들만 생각하는 아버지
그 아버지는 아내의 외로움이나 슬픔은 뒷전입니다.
그런 남편은 훗날 독거사해도 찾아올 가족이 없습니다.
아기 새들이 날아간 둥지에서 혼자 우는 늙은 새 같습니다.
자식도 중요하지만… 함께 살아온 아내를 무시하고
황혼이혼당한 노인이 많아지고 있는 현실에서
어떻게 자식을 키우고, 독립시켜야 하는가
곰곰 생각해야 합니다.

詩를 낭송하며

요즘 시낭송이 여성들에게 인기입니다.
가만히 외워 보는 낭송
지긋지긋하던 여름이 물러가고 창문을 닫으며
아! 이제 가을이 왔구나.
계절은 그래도 어김없이 오고 가는구나.
고령사회에서 많은 액티브 시니어들의 제일 걱정은
〈암〉보다 치매 〈인지기능저하〉라고 합니다.
운전도 75세 이상이면 적성검사를 해야 하고
자꾸만 여기저기서 몸이 말을 거는 시간
나 여기가 아파요! 나도…
과연 오래 사는 것이 축복인가? 생각합니다.
99세를 넘기고도 하루 스케줄이 꽉 찼다는 철학교수가
시니어들의 롤모델입니다.
늘 웃으며 젊은이들에게 삶을 얘기해 주는
老교수가 정말 아름답습니다.
시 낭송가라는 女人이 있습니다.
그 낭송을 들어 보니 그건 낭독이지 낭송이 아니었습니다.
낭독이란 책을 읽는 것이고
낭송이란 기본적으로 암기하는 것입니다.
치매를 걱정하는 친구에게
시낭송이 치매를 늦추는데 효과적이라 말해 주었습니다.
山이름, 江이름을 외우시던 유명 시인도 계셨지만…

혼자 있을 때 한 편의 시를 낭송하노라면
슬픔도, 쓸쓸함도 강처럼 흘러가고
조용히 한 송이 꽃이 마음에 핍니다.
가을 하늘이 사람을 은유적으로 만듭니다.
詩 낭송의 규칙은… 長, 短音을 구분해서 외우는 것입니다.
연음법이나 운율, 띄어쓰기를 특히 신경써야 합니다.
유난히도, 111년 만에 폭염을 겪은 이 가을.
詩 낭송을 해 보시면 좋을 듯합니다.
이해인 수녀님의 가을편지도 좋겠습니다.
가을 편지, 이해인.

복(福)이 엷으면 계란에도 뼈가 있다

나는 부모복도 없고, 형제복도 없고 돈복도 없어요!
늘 복타령 하는 사람이 있습니다.
복이란 무엇일까? 가끔 복을 헤아려 봅니다.
복이란 삶에서 누리는 기쁨, 즐거움을 뜻하는데
사람들은 복이 없다는 말을 복이 많다는 말보다 자주 합니다.
헤아려 보면 복이 있는데…
잡초 속에서 피어나는 보랏빛 야생화도 복이고,
목마를 때 먹는 과일 하나도 복인데…
그런데 복이라는 행운은
그 누구에게나 배급을 주는 것이 아니기에
어떤 사람은 정말 많은 축복을 받고 있고
어떤 이는 늘 그 타령인 경우도 봅니다.
복 받을 말을 하고, 행동을 해야
복은 찾아오는 것입니다.
복이 쏟아지라고 복자(福字)를
거꾸로 매달아 놓은 나라도 있습니다.
복이 막 쏟아지면?
그 속에 또 고난이 따라오지 않을까 걱정스럽습니다.
복이 엷은 사람에게는
뼈가 있는 계란이 찾아가기도 한다는 것입니다.
계란에 뼈가 있다니…
그만큼 재수가 없고 힘겨운 삶을 겪는다는 뜻일 겁니다.

복 있는 사람은…
자세히 보면 덕 있는 사람입니다.
베풀고, 어려운 사람 돕고, 하늘의 구름처럼
아름다운 사람입니다.
나를 향해 험담을 하여도 되받아 던지지 않고
용서하고 오히려 복을 빌어 주는 사람
그런 사람에게는 뼈 있는 계란이 찾아가지 않습니다.
내가 먹던 빵
배고픈 사람에게 주고 자기는 굶어도 웃는 사람
받는 것보다 주는 것을 좋아하는 사람이
복을 받습니다.

떠날 때와 보낼 때

〈기차는 8시에 떠나네〉라는 노래가 있습니다.
젊은 시절 연인과 헤어질 때
일주일 후면 다시 만날 수 있음에도
눈이 붓도록 울었던 기억이 누구나 있을 것입니다.
떠나보내는 연인도 떠나는 연인도 눈물이 그렁그렁했습니다.
요즘에는 기차로 여행하는 사람은 적고
플랫폼에서 손을 흔들며 작별하는 사람도 드물지만
낭만적인 모습입니다.
옛날 옛날엔 그런 사람들이 있었는데…
각자 다른 사람들과 결혼, 아이를 낳고 살다가…
저 하늘나라로 무지개다리를 건너 떠날 때
요양원이라는 곳에 가서 3년여를
코에, 팔에 주렁주렁 주사를 꽂고 죽음을 맞는 사람
유치원은 줄고, 요양병원은 속속 늘어나는 고령화사회
안 가겠다고, 방 하나 얻어 주면 혼자 살겠다는
시어머니를 요양원으로 모시고도
잘 살아가는 며느리도 있고
이 모양 저 모양으로 부모의 은혜를
잊고 사는 아들도 있습니다.
가족과, 친숙한 공간에서 임종하고 싶은 어르신들
잘 있거라. 너희들이 있어 행복했다.
그리고 너희들 꿈 이루는데 못 도와줘 미안했다.

고맙다, 미안하다, 사랑한다.

웰빙 시대가 아니라

이제는 웰다잉을 실천해야 하는 시대를 지나갑니다.

이별에도 예의가 있어야 합니다.

길이 보이면 떠나고 싶어진다

늘 어디론가 여행을 떠나는
열정적인 날씬한 여인이 있습니다.
젊어 보이는데 벌써 손녀도 있고
늘 웃는 착한 남편도 있습니다.
그 여인은 길만 보이면 걷는다고 합니다.
길이 보이지 않으면 주저앉는 나는
길만 보이면 걸어간다는 그 여성이 신기합니다.
제주도에도 가서 한 달 살아 보고 틈만 나면 걷습니다.
걸어서 어디까지 가려는 것일까?
가을이 저만치 오고 있는 산책길에서 그 여인을 생각합니다.
아마도 그 여인은 자기가 못 간 길이 아쉬워서
안타까워서 그토록 걷는 것이 아닐까?
단순히 건강해지려고 걷는 것 같지는 않습니다.
그 눈빛에서 읽을 수 있는 한마디의 글
나는 지금도 저쪽으로 난 길을 가지 못해서…
눈물 짓는 답니다.
가지 않은 길은 그 누구에게나 있습니다.
나 또한 가지 못한 그 길 때문에
몹시 서러울 때가 있으니까요.
이 길 저 길 가 보는 것도 진정 자기 길을 찾는 데
바람직한 〈길 찾기〉가 될 듯합니다.

나는 이미 기적(奇蹟)이다

인공지능(AI) 시대에 아날로그 세대는
어리둥절할 때가 간혹 있습니다.
로봇이 소설도 쓰고, 수술도 하고
인간의 영역을 돕는 것인지 침범하는 것인지… 창작 영역까지…
놀라운 시대를 건너가고 있습니다.
이 변혁(變革), 변화의 시대를 살금살금 건너가는 나는
이미 기적이라고 생각합니다.
어느 날 의사가 이렇게 말합니다.
우리는 잘 쓸 수 없는 말인데…
이런 경우 기적이라고 할 수밖에 없습니다.
…
암이 없어졌다고, 이건 기적이라고… 착하게 사셨나 봅니다.
착하게 살았지요. 나보다 남을 우선 생각했지요.
배고픈 짐승도 그냥 지나치지 못했지요.
지갑이 텅 비도록 지나가는 폐휴지 줍는 할머니께 드렸지요.
내게 치명적인 상처를 입힌 사람에게 늘 기도를 하지요.
부디 악한 마음 버리고
선량한 마음으로 살아가기를 빌었습니다.
기적을 일으킨 女人
그 女人의 눈에 눈물이 흘러내리고
의사 또한 목이 메이는 순간이었습니다.
나는 이미 기적입니다.

날지 못하는 새

뉴질랜드에 가면 키위라는 새가 있습니다.
날개가 있어도 날지 못합니다.
새끼일 때 코끼리를 말뚝에 묶어 놓으면
자라서 힘이 넘쳐도 그 묶은 말뚝을 뽑고
달아날 생각을 못합니다.
길들여진다는 것이 얼마나 무서운 일인지!
사람도 한번 포기하면 그대로 주저앉는 경우가 많습니다.
날개가 있어도 날지 못하는 새처럼
자기에게 타고난 달란트가 있음에도
아무것도 지니지 못한 흙수저라면서
날아갈 생각조차 하지 않습니다.
부자 부모에게서 태어나면 금수저이고
가난한 부모에게서 태어나면 흙수저라니
개천에서 용 나는 경우가 드문 요즘입니다.
가난하고, 못 배운 부모에게서 태어났어도
머리 좋고, 끈기 있으면 성공하던 시대!
그 시대는 몇 세기 전 경사였습니다.
그러나…
지금도 사회복지가 많이 선진화되어서
본인이 노력하면 계층 이동이 가능합니다.
강남에서 태어나 유학 다녀오고 했어도
정서적인 흙수저 족속이라면

실패의 연속임을 보고, 듣게 됩니다.
서점은 문을 닫고 성경도 스마트폰으로 읽고, 물건 주문도…
남자들은 늙어 가면서 아내들이 책을 많이 읽고 공부하면
좋아하기보다 무서워한다는 말에 웃었습니다.
아내들이 삼시 세끼 다 차려주고, 사골 곰국 끓여 놓고
여행 떠나는 게 아니라 새롭게 공부하고, 자격증을 취득해서
독립적인 삶을 5, 60대부터 시작하는 여성이
늘어나고 있다는 얘깁니다.
밥 차려 줘! 물 줘! 양말 줘!
그런 남성은 20세기에나 있었습니다.
요즘 여성 21세기를 넘어가는 여성들은
날지 못하는 새가 아닙니다.
찢어진 날개, 잘린 날갯죽지 기워 가며 날아갑니다.
주변에도 남성보다 더 일 잘하는 여성이 많습니다.
힘이 있음에도 그냥 말뚝에 묶여 사는 코끼리는 이제 없습니다.
날개를 다시 달고 날아가는 새.
그 아름답고, 우아한 새에게 갈채를 보냅니다.

내면(內面) 아이

어덜트 키즈(adult kids)라는 말이 있습니다, 어른 아이!
내면에 상처가 치유되지 않은 채로 어른이 된 사람입니다.
그런 사람은 결혼해서도 배우자를 힘들게 하고
자녀들을 잘 교육하지도 못합니다.
그의 내면을 들여다보면
웅크리고 앉아 울고 있는 아이가 있습니다.
부모나 다른 어른으로부터 상처받은 사람입니다.
요즘은 therapy의 시대입니다.
상처를 치유시키려는 음악 치료, 댄스 세라피
詩 치료, 문학 치료 등등 많은 방법으로, 도구로
울고 있는 내면 아이를 치유하려 합니다.
상처 없는 인생은 없습니다.
다만 우울증에 걸려 있거나
정신적으로 문제가 있는 사람들은
심리상담을 통하여 건강한 생활을 만들어 가야 합니다.
어떤 욕심 많은 여인은 이렇게 푸념합니다.
자식은 겉만 낳지 속은 낳지 못한다고…
무자식 상팔자라고… 다른 것은 다 자기 마음대로 했는데
자식은 마음대로 안 된다고…
자식이 뭐 찰흙인가요? 마음대로 만들 수 있나요?
좋은 부모는 격려해 주고, 용서해 주고
부모의 잘못을 용서 빌고

늘 한결같이 사랑해 주는 부모이지
금수저를 쥐게 해 준다고 좋은 부모는 결코 아닙니다.
살아갈 힘을 길러 주고
길이 없으면 길을 내면 된다 용기를 주고
혼자 울고 있을 때 포옹해 주면서 나는 너를 믿는다.
너는 지금은 초라하지만
많은 사람을 도울 수 있는
아름다운 사람으로 살게 될 거야.
이렇게 말하는 사람입니다.
때리고, 욕설을 퍼붓고 학대하는 부모는
훗날 그 자식으로부터 어떤 말을 듣게 될지…
학대는 학대를 낳고 사랑은 사랑을 낳습니다.
존경받는 부모는
늘 공부하고, 사회에 좀더 공헌하는 사람입니다.
돈 벌려고 수단 방법 가리지 않고
아이가 애착장애로 정신이 썩어 가도
아랑곳없는 부모는 부모 자격이 없습니다.
지금도 울고 있는 아이가 많습니다.

황혼이 깃들 무렵

황혼 무렵이 되면
왠지 쓸쓸하고, 서글퍼
눈물이 고이는 황혼병이 있습니다.
유년기의 한 장면이 떠오릅니다.
어두워질 무렵
어머니는 등에 아기를 업고
어디론가 가셨습니다.
집으로 돌아오면 동생과 애보는 언니는
재밌게 놀고 있었습니다.
그때부터 애착장애가 생겼나 봅니다.
이제 육십을 넘긴 여성의 이야기입니다.
아마도 해질녘 어디론가 가던
어머니의 뒷모습에서
절망을 느끼고 슬픔을 익힌 듯합니다.
저녁이 되면 사람들은
인생을 돌아보고 평가를 합니다.
잘 살아가고 있는가?
사람들에게 물어 보면 대부분의 시니어들은
지금, 이 나이가 좋다고 합니다.
환갑, 진갑 넘는 지금이 좋다고…
이제 욕심도 내려놓을 줄 알고
이제 성냄도 줄어들고

바람처럼 구름처럼 살다가
갈 수 있을 것 같다고 말입니다.
삶은 황혼이 깃들 무렵
노년에 날아오른다고 합니다.
아름다운 마무리를 위하여
웰다잉을 배우는 시니어!
한 마리 학처럼 아름답습니다.
해도 지는 해가 더 아름답듯이…

2부

봄이와 햇살이…

곁의 사람

에어컨을 방마다 설치해야겠다는 남편과
거실만 있어도 된다는 아내
그 둘은 싸우다가 내린 결론은…
이혼하자였습니다.
그래! 이혼하자!
한 사람은 여름을 너무나 타고
한 사람은 한여름에도 골프를 치며 여름을 즐기고…
한 사람은 너무 뜨겁고, 한 사람은 너무 차고…
안 맞는다, 안 맞아!
결혼할 나이가 되어 그냥 결혼했지.
아들 하나, 딸 하나 낳고 그냥 살았지.
그 아이들 다 결혼했고
이제 공통분모가 전혀 없는 사람들이
어떻게 살아? 연금 반으로 나누고 헤어지자.
헤어지는 수속도 귀찮다.
서류는 그냥 두고 각자 자유롭게 살자.
그렇게 해!
두 사람은 소위 졸혼(卒婚)을 한 것입니다.
남들은 각자 사는 줄 모릅니다.
각자의 거처에서
그냥 자기들 하고 싶은 대로 살아갑니다.
그런데…

마냥 좋아 보이지 않습니다.
마치 메이컵을 잘하고
무엇인가 한 가지를 빠뜨린 듯한 분위기 같습니다.
검은 머리가 파뿌리처럼 변했는데…
늙어 손을 꼭 잡고 공연장으로
산책길로 걸어가는 부부가 부럽지도 않습니다.
그들도 어쩌면 정서적으로는 이미 남이 되었지만
친구보다도 못한 관계일 수도 있을 것입니다.
곁의 사람을 소중하게 여지기 않고 우습게 보는 사람들
뭐니 뭐니 해도 곁의 사람에게
대접받고 사는 삶이 가장 행복합니다.
밖에서만 인정과 갈채를 받으면 허전할 것입니다.
곁의 사람에게 상처를 주었거든
그 아픔이 사라질 때까지 어루만져 주어야 합니다.
내가 만든 상처
그 상처를 꿰매고 새살이 돋도록 최선을 다해야 합니다.
곁의 사람에게 인정받는 사람이 되어야 합니다.
그래야 합니다.
세상 떠날 때 후회가 없도록 말입니다.

우물 속의 두 마리 물고기

우물 속에 두 마리 물고기가 살고 있었습니다.
처음 만났을 때는 그런대로 서로 사랑하며
오순도순 잘 살았습니다.
그러나… 점점 세월이 흐르면서
서로에게 싫증이 나고
좁은 우물 속에 둘만 있다는 사실이
권태롭고 짜증이 났습니다.
그리고 거기다가 한 마리는
자꾸만 살이 쪄 가서 더욱 미웠습니다.
날씬한 물고기는 먹을 것만 보이면 허겁지겁
자기만 먹어 치우는 그 물고기가 정말 저주스러웠습니다.
지혜를 빌려와야겠다.
가끔 우물에 놀러오는 참새에게 물었습니다.
"참새님. 나는 이렇게 먹을 것이 없어 말라 가는데… 저 물고기는 너무나 많이 먹어요. 어쩌지요? 흠."
참새는 그 영특해 보이는 눈을
또르륵또르륵 굴리더니 이렇게 물었습니다.
"한 마리를 죽이고 함께 죽어 가겠니? 아니면 함께 먹여 주고 함께 살아가겠니?"
우물 속의 물고기는 난감했습니다.
나 아직은 죽고 싶지 않은데…
그렇다면 저 물고기에게 잘해 주고

저 물고기도 네게 잘해 주면서 함께 살아갈 수밖에…

어느 날 참새가 날아와 우물을 들여다보니

두 물고기는 몸매도 비슷하고

서로 사이좋게 헤엄치며 놀고 있었습니다.

“그것 보렴! 함께 도우며, 사랑하며 사는 것이 최고의 길이란다. 그 누구도 홀로 살아간다는 것은 여간 힘든 일이 아니거든.”

참새는 이제 가을이 오는 들녘으로 쪼르르 날아갑니다.

그곳에는 많은 친구들이 기다리고 있습니다.

허수아비도 웃으며 서 있습니다.

기도하는 사람들

간절한 표정으로 기도하는
사람들이 모인 장소에 가면 왠지 눈물이 고입니다.
열심히 살아도 늘 힘든 세상살이
갑자기 쓰러져 뇌수술을 한 남편을 위해 기도하는 할머니!
그 할머니에 대해 조금은 알고 있기에 더 눈물이 납니다.
그 할머니 남편은 툭하면 큰 소리를 내어
할머니를 윽박지르고 폭력까지 행사했다고 합니다.
할머니가 아파 입원했을 때에도
돈을 내주지 않아 울었다던 할머니
그분은 점점 작아진 몸으로
나이보다 더 빠르게 쇠약해 가고 있는데…
그 남편은 건강한 몸으로 휘젓고 다니다가
뇌에 혹이 생겨 9시간이나 수술을 하고
요양병원에 입원했다는 이야기
죽도록 미워했다지만…
착한 할머니는 어서 회복되어
소리소리 질러대며 욕하는 할아버지를 보고 싶다고 합니다.
죽도록 미워했는데… 이렇게 떠나 버리면 한이 될 것 같다고
왜 서로 미워하며 죽기를 바라며 지옥처럼 살았을까요?
왜 그런 부모의 모습을 보고 자란 아들들이
아버지처럼 아내 사랑할 줄을 모르고
쫓아내는 세월을 살게 했을까요?

온전한 사랑법을 가르쳐서 결혼을 시켜야지
때 되면 결혼하고 아이 낳고…
악순환은 계속 대를 이어 가니
사회는 또 얼마나 불안해지는 것일까요?
머리 좋은 사람보다
사람을 사랑할 줄 아는 가슴이 따스한 사람으로
자녀를 양육하고 교육하는
부모가 되기를 기도합니다.
기도하는 사람들의 모습만큼
아름다운 것은 없는 듯합니다.

플라스틱 먹는 물고기

바다는 모든 것을 받아 주어 바다라 합니다.
그 바다에 살고 있는 해초(海草) 물고기들…
바닷속은 신비로운 세계를 보여 줍니다.
물고기들과 해초는 서로 어울려 예쁘게 살아갑니다.
그런데 사람들은 함부로
비닐봉투, 플라스틱 용기 등을 버려서 바다는 신음합니다.
물새들도 플라스틱을 먹다가 목에 걸려 죽어 가기도 합니다.
쓰기 편하다고 100년이나 가야 썩는 비닐제품이나
플라스틱을 너무나 쉽게 버리기에 지구는 앓고 있다는 것입니다.
그것도 함부로 버려 바다에 흘러 들어가
물고기를 죽게 하고… 새를 죽게 하는데…
그것도 〈죽지 않는 罪〉라고 생각합니다.
생태계 자연의 질서를 파괴하는 죄는
죽지 않는 죄일 것입니다.
쓰레기를 함부로 버리고 떠나는 사람들 때문에
바다는 괴롭습니다.
화를 내면 바다는 정말 무섭습니다.
〈자연〉을 배신해서는 안 됩니다.

플라스틱은 썩어 분해되는데 500년 이상이 걸리고
우유팩은 5년, 종이는 2~5개월이 걸린다고 합니다.
1회용 기저귀는, 칫솔은 100년?

그런데 쉽게 1회용을 쓰는 우리네들.
정말 자연 앞에서 부끄러울 뿐입니다.
우리를 살게 온전히 살게 해 주는
자연을 학대하는 우리가 부끄러울 뿐입니다.

그럼에도 불구하고…

사람들은 흔히
예쁘기에 사랑하고
착하기에 사랑하고
정직하기에 인정하고…
그러나 예쁘지 않아도
조금은 덜 착하지만
가끔 거짓말을 하지만…
그럼에도 불구하고 사랑하는 것이
참사랑일 것입니다.
병들고, 꿈은 꺾이고
사람들에게 상처 입었지만
그래도 꽃은 핍니다.
〈희망〉이라는 꽃 말입니다.
〈절망〉이라는 바위덩이 곁에서도
〈희망〉이라는 꽃은 피는 것입니다.
희망이라는 꽃이 피는 한
삶은 아름답습니다.

싱가포르

싱가포르는 법, 처벌로 유명한 나라입니다.
다(多)민족, 다인종 국가여서 다양한 문화가 공존합니다.
싱가포르는 인도어로
〈사자의 도시(都市)〉라는 뜻을 갖고 있습니다.
싱가포르에 가면 큰 정원을 거니는 느낌이 듭니다.
벌금, 벌칙 때문인지 함부로 도시를 대하는 사람이 없습니다.
정원 국가
벌을 줘야 함부로 하지 않는다는 사실이 씁쓰레하지만…
그렇게라도 사람이나 도시를 대하는 습관이
바르고 아름다워진다면
그런 제도도 필요하다고 믿습니다.
아무데나 버린 쓰레기 앞에서
그런 생각이 절실합니다.

사촌이 논을 사던 날

옛말이 하나도 그르지 않다고 합니다.
그러나 십 년이면 강산(江山)도 변한다는 말은
맞지 않는 말이 되어 버린 지 오래입니다.
옛 속담에 사촌이 논을 사면 배가 아프다는 말이 있습니다.
사촌이 논을 사면 기뻐해야 하는데…
그게 그렇지 않다는 것입니다.
왜, 나는 논을 못 샀을까? 배가 아파
이 병원 저 병원 다녀 봐도
병명은 나오지 않고 그저 위염 같다고 합니다.
그런데 사실은
사촌이 땅을 사서, 논을 사서 좋아한다는 말을
듣고부터 배가 아프기 시작했습니다.
그 누구나 그럴까요?

아버지라는 이름으로…

개미 나라의 개미들은
아버지도 모르고 그냥 열심히 일만 했습니다.
여왕개미가 어느 날 날아가 공중에서 결혼하고 오면
또 생명이 늘어나고…
아버지라는 존재를 몰랐습니다.
어느 날 아이들의 소리가 학교 마당에서 들렸습니다.
아버지! 하고 교문을 향해 달려가는 예쁜 소녀
한 마리 아기 사슴처럼 아버지에게 뛰어갔습니다.
개미들은 과자 부스러기를 물고 가다가
아버지? 아버지가 뭘까?
아버지는 두 팔을 벌려 예쁜 소녀를 껴안았습니다.
푸른 하늘에 아버지와 딸의 웃음소리가 울려 퍼지고
개미들은 집으로 돌아갔습니다.
그날부터 개미들은 〈아버지〉에 대해 생각했지만
아버지를 본 적이 없기에 답답하기만 했습니다.
아버지!
크게 소리쳐 불러봤지만…
어느 곳에서도 대답은 들려오지 않았습니다.
그때 옆에 있던 개미가 말합니다.
"아버지가 되려면 결혼을 해야 해. 그래야 아버지가 될 수 있어."
"아이고. 아버지가 얼마나 힘든데 그래? 지금보다 훨씬 더 일을 해야 할걸."
"그래?"

곰곰 생각해 보니 지금부터 더 힘들게 살 수는 없었습니다.
지금도 일을 너무 많이 하니까요.
그래! 결혼 포기하자! 아버지 없으면 어때
우리끼리도 잘 살아왔잖아?
그리고 어느 날
교회 옆 가로수에서 쉬고 있는데
사람들의 기도 소리가 들렸습니다.
아버지! 저를 용서하소서.
원수를 사랑하지 못하고 복수하려
마음의 칼날을 갈았습니다.
회개합니다.
어떤 여자의 소리도 들렸습니다.
아버지! 저는 지금껏 남편을 원수로 알고 살았습니다.
저렇게 독선적인 인간, 사랑할 수 없다고 매일 저주했습니다.
아버지.
하나님 아버지. 저를 용서하소서!
아버지 감사합니다. 제 병을 낫게 해 주셔서 감사합니다.
생각해 보니 모든 것이 감사, 아버지의 은혜였습니다.
아버지! 아버지!
개미들은 이제 다른 곳으로 가지 말고
아버지가 계시다는 교회 가로수 밑에서 살기로 작정하고
땅 밑에 집을 지었습니다.

아버지 곁에 있고 싶었습니다.
모든 게 다
〈감사〉였습니다.
〈은혜〉였습니다.

사랑은 계산하지 않는다

알뜰한 그 맹세는 가고 봄날은 간다.
봄날은 가고
사랑도 가고
이해타산만 남은 관계
우정이든, 애정이든 타산만 남은 관계는
사막과 다르지 않을 것입니다.
매일 햇빛이 이글거리는 곳
생각만 하여도 아찔합니다.
사랑도 한꺼번에 다 바치지 말고
절제된 사랑이어야 오래가고
정으로 연결된 관계가 이해타산만 남은 관계를
뛰어넘는 귀한 인연이 되리라 믿습니다.
지금 둘 사이를 계산하고 있다면
사랑은 많이 휘발되어
미움의 잔고가 높아진
시점일 것입니다.
사랑은 결코 계산하지 않습니다.

겨자씨

겨자씨만한 그리움! 키워 갈게요
이런 편지를 받은 기억이 있습니다.
겨자씨!
본 적이 없지만 가장 작은 씨앗이라고 합니다.
겨자씨만한 믿음만 있어도
뽕나무를 바다로 옮길 수 있다고 했습니다.
겨자씨!
그토록 작은 믿음도
상전벽해(桑田碧海)를 이룰 수 있다는…
처음부터 큰 것을 키우려 말고
가장 작은 것에도
수만 송이의 꽃이 들어 있다는 사실을
사람들은 자주 잊고 삽니다.
꽃 한 송이가 꽃밭을 만든다는 사실을…
잊고 삽니다.

이제야 내 뒤를 돌아본다

인디언들은 말을 타고 달려가다가
문득 뒤를 돌아본다고 합니다.
몸은 달려왔는데… 혹여 영혼을 빠뜨리고 오지는 않았는가?
뒤돌아본다는 것입니다.
바쁘다! 바빠!
한국인들은 모두 바쁘게 삽니다.
저녁이 있는 삶을 위해 근로시간을 줄이고
박물관이나 도서관으로 발길을 옮기는 사람도 많아졌고
줄어든 수입을 위하여 투잡을 갖는 사람도 늘고 있고
아이들과 함께하는 시간을 갖는
가장들도 늘어가고 있다는 소식입니다.
저녁이 있는 삶, 가족과 식탁에 둘러앉아
오순도순 저녁을 먹던 때가 언제였던가?
아내는 아내대로 자기계발에 힘쓰고, 수입을 위해 일하고…
아이들은 아이들대로 학교 끝나고 XX학원으로…
인생이란 다람쥐 쳇바퀴 돌리는 듯한 것인데
별이 빛나고 있는 밤에도
흰 구름이 토끼도 그리고, 노루도 그리는 여름날에도
그저 한숨을 토해 내며 질주하는 말처럼 산다면…
이 세상과 작별할 때 후회한다고 합니다.
나는 너무나 열심히 일했다!고.
가고 싶었던 곳, 만나고 싶은 사람

모두 미루고 앞만 보고 살아온 것은 아닌지…
이제 요즘 젊은이들은 부모 세대와는 다르게 살려 합니다.
여행도 자주하고, 만나고 싶은 사람도 더 자주 만나고…
어르신들은 이제야 내 뒤를 돌아본다고 합니다.
내 뒤에 무엇이 남아 있는가?
후회와 그리움, 그리고 삶에 대한 성찰이 남아 있습니다.
고생 끝에 낙이 오는 게 아니라 병이 오네요.
어떤 여인의 음성이 지금도 들리는 듯합니다.
재산을 쌓아 두기보다
덕을 쌓고, 은혜를 쌓고, 그리움을 쌓아
〈아름답게 늙으셨어요!〉
그 나이에 그토록 아름다운 얼굴을
본 적이 없다는 고백을 듣는다면?
잘 살아온 인생입니다.

아코디언을 배우는 할머니

동네가 재건축 중이라 어수선하고
그동안 아름다웠던 인정, 나무들…
모두 사라지고
크레인들이 조용히, 느리게 일할 뿐입니다.
아! 옛날이 그립구나.
봄은 연분홍 벚꽃이
가을에는 단풍이 얼마나 아름다웠는가!
사라져 가는 것의 슬픔
사진에 담아 두었지만
사람들은 아직 누가 돌아올는지… 모릅니다.
포크레인이 짓밟고 가는 나무 한 그루
히말라야시타로 만든
책상, 의자, 다탁에서 33년의 세월
그 세월의 향기를 맡습니다.
착했던 사람들의 미소를 읽습니다.
세월의 두께 앞에서 〈돈〉 때문에 겪는 인간성
그 인간성이 수채화처럼 보입니다.
그런 동네에서 아코디언 소리가 들립니다.
이제는 곧 허물게 될 피아노 학원에
시니어들이 오고 가며 아코디언을 배웁니다.
그 소리가 그래도 살 만하다고 위로합니다.
악기만큼 우리의 상처 입은 가슴을

치유해 주는 것은 이 지상에 없습니다.
아! 아코디언이 위로합니다.
음악 있으면 지옥도 천국이 된다고…
아코디언을 배우는
할머니의 우아한 모습이 감동적입니다.

눈물은 거짓말을 하지 않는다

살면서…
흘린 눈물 얼마나 될 것인가?
작은 시냇물만큼 될까?
아니면 한 사발은 될까?
아니면 江처럼 흐를까?
악어는 먹이를 먹으면서 눈물을 흘린다고 합니다.
사람도 어쩌면 악어의 눈물 같은
연기용 눈물을 흘릴 수도 있을 것입니다.
하지만…
눈물을 흘리는 사람의 마음밭은
그 누구보다 비옥하리라 믿습니다.
착하기 때문에 남의 어려움을 자기 어려움처럼 느끼고
눈물을 흘립니다.
손수건을 쥐어짜며 울던 남자는 아들 생각에 울었다지만
〈눈물〉을 흘리기 위해 안약을 넣는다는 연기자들도 있지만…
진짜 눈물은 거짓말을 하지 않는다고 믿습니다.
눈에 걸린 무지개 같은 눈물
가끔 남몰래 흐르는 눈물 때문에
난처할 때도 있습니다.

무지개다리

스위스 로잔에 있을 때
레만호(湖)에 뜨던 무지개
그 황홀한 현실을 잊을 수가 없습니다.
그 무지개는 곧 사라졌지만…
오랜 세월 내 가슴에 걸려 있습니다.
그 무지개다리를 건너는 사람들이 있습니다.
건너서 하늘나라로 갑니다.
그 하늘나라에 다녀온 사람은 없지만…
착하고, 온유한 사람은
그 아름다운 나라에 가서 영원토록 살 수 있다니!
오래 키운 혈육 같은 반려견이 하늘나라로 갔다고
무지개다리를 건너서 갔다고 우는 女人
나도 따라서 웁니다.
울고 싶었는데 잘 됐다며 함께 웁니다.
착한 사람, 악한 사람, 영악한 사람, 지혜로운 사람…
그 모든 사람이 착해져서 무지개다리를 건널 수 있을는지…
10대 소녀처럼 고개를 갸우뚱거립니다.
그럴 수 있을는지…

병원 쇼핑

하얀 새 한 마리가
우아하게 날아서 어디론가 갑니다.
어디를 저렇게 다닐까?
궁금해하던 물오리가 하얀 새에게 물었습니다.
아주머니는 매일 어디를 그렇게 가시는 거예요?
그 하얀 새는 근심 어린 얼굴로 이렇게 얘기합니다.
글쎄… 내가 날개도 아프고, 다리도 아프고
눈도 아프고, 마음도 아프고 안 아픈 데가 없단다.
그래서 이 병원 저 병원 찾아가는데
병원 의사들은 모두 이렇게 말하더구나.
아주머니! 나타나는 대로 말하자면 병명(病名)이 없네요.
병이 없다는 거야, 못 찾아낸다는 거야. 휴~
하얀 새를 보며 물오리는 아! 그것이구나.
한의원에서 얘기하는 부정수소(不定愁訴)!
아픈 데는 없는데 아프다고 호소한다는 그 증상!
그러니까 마음이 아프다는 것이지.
아주머니, 우아하게 여기저기 날아다니지 마시고
이곳 물가에서 물속을 들여다보세요.
귀여운 송사리도 있고, 물방개도 있고, 물풀도 있고
물속에 잠긴 하늘의 하얀 구름도 있어요.
아주머니는 지금 외로워서 그런 듯해요.
응?

네가 내 외로움을 알아?
네.
짐작되어요.
친구도 어디론가 날아가고, 새끼도 어디론가 떠나고…
외로우실 거예요.
하얀 새는 꺼억꺼억 웁니다.
맞아, 나는 지금 너무 외로워.
물오리는 웃으며 말합니다.
제가 아주머니처럼 우아하지 않지만 친구가 되어 드릴게요.
그래? 나는 백조인데 너는 오리고… 친구가 될 수 있을까?
그럼요. 저도 아주머니처럼 우아해지고 싶어요.
가르쳐 주세요. 우아하게 나는 법을…
그래? 그러면 내가 너의 스승이 되어 볼까?
네!
그날 오후부터 백조와 오리는 공부를 시작했습니다.
봄, 여름, 가을 그렇게 공부했지만…
오리는 백조가 될 수는 없었습니다.
그래도 오리는 절망하지 않았지요.
그 누군가의 친구가 된다는 것은
우아함보다 더 귀한 것이니까요.
백조 아주머니도 이제는 이 병원 저 병원
병원 쇼핑을 다니지 않게 되었습니다.

친구가 생겼으니까요.
영국에서는 〈외로움〉을 관리하는 장관도 있다고 합니다.
우울증 치료에 사회적 비용이 많이 든다니까요.
구십 넘은 할머니들은 외로움이 제일 힘들다고 합니다.
외로움도 나라에서 관리하는 시대가 왔나 봅니다.

3부

시인의 작은 도서관에서…

가족이라는 이름으로…

가정은 가장 깊은 사랑을 제공하는 곳이면서
동시에 가장 치명적인 상처를 주는 곳입니다.
요즘 결혼이라는 제도도 없어질 거라 예고하는 학자도 있지만
결혼 적경기도 없고, 더더욱 출산율은 너무나 낮습니다.
서로 헤어지기 싫어 결혼했지만
결혼은 사랑의 무덤 같고
자식은 낳아 죽도록 키워 놓으면
부모를 남이라고, 중요한 남이라고 얘기하는데…
사랑의 유효기간은 짧기만 합니다.
그 사람이 없으면 안절부절못했는데
이젠 그의 목소리조차 듣기 싫어합니다.
평생 혼자 살 것이 아니라면
결혼해서 한 가족이 되었으면 노력을 해야 합니다.
행복한 가정은 누가 저절로 만들어 주는 것이 아니기에
남다른 노력을 해야 합니다.
아무리 세계 각국 유명 백화점을 다녀 봐도
〈행복〉을 파는 백화점은 없으니까요.
눈물과 땀을 잘 섞어 쌓은 탑! 가정
가족이라는 이름이 있어 든든합니다.
인간의 심리적인 문제는 대부분 가족관계서 생기기 때문에
심리학 책을, 가족학 책을 자주 읽어야 합니다.

우리는 때로 고독해져야 한다

외로움을 관리하는 나라 영국이 있습니다.
외로움으로 인한 사회적 비용이 많이 든다고 합니다.
살다 보면 진흙 구덩이에 빠지기도 하고
탄탄대로를 걷기도 합니다.
그러나 때때로 엄습해 찾아오는 고독
그 고독이 우리를 성숙시키고, 성장시키기에
고독을 피해 달아날 필요가 없습니다.
고독을 가만히 응시하며 진정한 자기를 찾는 시간
人生은 때로 낯선 운명을 받아들이는 일입니다.
사람들 속에서 고독을 잘 관리하다 보면
겸손한 마음 갖게 되고 감사가 자라게 되고
좀더 겸손한 사람으로 산다면
더 나은 삶을 살 수 있습니다.
고독한 시간
우리는 감사하게 되고 받은 복(福)을 세어 보게 되고
분(分)에 넘치게 잘 살고 있다는 것도 깨닫게 됩니다.
우리는 때로 고독해야 합니다.

내 서재에는…

여자(女子)는 일과 경제력이 있으면 결코 불행하지 않습니다.
남자에게 의존하고 살면 난감할 때가 있습니다.
혹여 이별을 하게 되면 경제도 독립 안 되고
그밖에 외로움 관리도 어렵고…
그래서 여자도 자기만의 방(房)이 있어야 합니다.
자기만의 방은 공간적인 것이 아니라 일과 경제력을 뜻합니다.
지금 서재를 갖고 있는 여성은… 그리 많지 않다고 합니다.
기혼 여성은 남편이나 아이들에게 책 있는 방을 내어주고
자기들은 주방 식탁에서, 거실에서
많은 시간을 보낸다는 것입니다.
밍크코트나 비싼 장신구는 없지만, 현금자산도 없지만
나는 부자라는 생각이 듭니다.
작은 도서관이 작은 시골에 있고
도시에 있는 집 큰 방을 서재로 쓰고
베란다 한편에도 책상과 글쓸 도구들이 놓여 있으니
부자일 수밖에요.
33년을 함께 마주보고 살아온 나무
히말라야시타로 만든 책상 걸상에서 글을 씁니다.
동네 재개발로 뽑혀 나간 나무들, 어디로 갔을지…
그중 한 그루 철새가 날아와 웃고
하얀 웅가를 하던 나무를 데려다
책상, 의자를 만들어 그의 향기 속에서 하루를 시작합니다.

솔로몬 대왕이 신전(神殿)을 지을 때 썼다는 나무 히말라야시타.
눈이 쌓이면 부러지지 않고 축축하게 처져 멋스러운 나무.
뽑혀 죽어 가는 나무를 살려 준 목수 아저씨가 고맙고
33년의 추억을 함께 나누고 있는 나무 한 그루가
그 무엇보다 고맙습니다.
비록 작은 차를 타고 소박하게 살아가지만
조금은 어려운 이웃을 도울 수 있는 처지가 고맙다며
서재에서 글을 씁니다.
그렇게 죽은 나무와 살아가며 늙어갑니다.

나이는 숫자일 뿐이 아니라 단어일 뿐이다

여자들은 나이를 물으면 뭐 나이를 묻느냐?
그것은 예의가 아니다! 라며 꺼려합니다.
아이들은 한 살 더 먹는 설날을 손꼽아 기다리지만…
어른들 특히 여성들은 나이 먹는 것에 예민합니다.
〈젊음〉의 향기를 당할 수 있는 것은 없기에…
그러나 연륜이 더해 갈수록 그윽해지고 넓어지고,
인생을 관조할 수 있기에
나이 먹는 것이 좋다는 사람도 있습니다.
나이에 당당합니다…
거리감이 있고 신비감이 있는 사람, 그런 사람이 우아합니다.
젊은이는 알 수 없어 절망하고
늙은이는 할 수 없어 절망한다고 합니다.
중학생 아이들이 담임 선생님 보고
늙은 꼰대라며 킥킥거린다는 신문기사를 읽고
어찌나 어처구니없던지…
버르장머리 없는 아이들은 무례한 부모의 작품(作品)입니다.
인사 잘하는 아이들 뒤에는
반듯하고 예의 바른 부모가 있습니다.
나이가 단어에 불과하다지만…
나이를 먹고도 유치하고, 미숙한 사람을 보면 한심합니다.
깊은 물은 조용히 흐릅니다.

의젓치 않은 모습으로, 작은 것을 탐하는 人生
소탐대실(小貪大失)이라고
작은 것을 탐하다가 큰 것을 잃어버리는
헛나이 먹은 노인이 돼서는 안 되겠습니다.
세월에게 미안한 일입니다.

900일 간의 폭풍

독신으로 사는 친구가
정말 독신이, 싱글이 좋다고 합니다.
외롭지! 그러나 함께 살면서 외로운 것보다는 낫지.
그녀의 혈색은 싱글이지만 더블인 나보다 훨씬 화사했습니다.
결혼을 하지 않는 여성들
결혼은 해도 아기는 낳지 않고
반려견, 반려묘를 키우며 사는 사람들
이제 갓난아기를 보기란 참 어려워졌으며
유치원도 점점 작아지고 있습니다.
도시가 줄어들고 읍, 면이 사라집니다.
40대 초의 대학 강사가 이렇게 말합니다.
결혼에는 숨 막힘, 노여움, 좌절이 따른다고…
서로 위해 주기만 바라고, 이기적이니
결혼하고 3년여를 약 900일을
폭풍의 언덕에서 싸우고, 또 싸웠다고 합니다.
이제 자식도 내 행복 보장해 주는 보험도 아니고
결혼도 불안한 투기이고… 그래도 일은 배신하지 않고
나를 성장 성숙시켜 주는 것 같다고 그녀는 얘기합니다.
900일 간 죽도록 싸우고 이제는 요령이 생겨
적응한다는 이야기가 쓸쓸하게 들립니다.
주변에 결혼 예찬론자는 거의 없지만
그래도 동행이 있는 여정이 낫지 않겠나.

함께 갈 사람이 있는 것이 홀로 가는 것보다 낫지 않을까?
묻는 사람은 많습니다.
그야 초라한 더블보다 화려한 싱글이 낫겠지요?
졸혼(卒婚)도 있고, 더치페이 부부도 있고 황혼이혼도 있지만…
각자 통장관리하고 노후 준비하는 부부보다
백년해로하는 부부가 더 아름답다고 얘기들 합니다.
백년해로가 어디 쉬운가요?

책(冊) 이야기

어려서부터 서점(책방)이 좋았습니다.
서점을 하는 친구네 집을 들락거리며 책 냄새를 맡았습니다.
옛날에는 대나무 껍질에 글을 써서
가죽 끈으로 묶어 썼는데 넘길 때 착착 소리가 나다가
책으로 이모음 동화가 된 것입니다.
어느 날 서점 하나가 문을 닫았습니다.
또 어느 날 책방 하나가 떠났습니다.
종이 책 읽는 사람, 신문 읽는 사람은 아날로그 세대입니다.
스마트폰으로 뉴스를 보고
멀리 사는 친구들과 안부를 묻고, 쇼핑도 합니다.
모르는 것도 다 스마트폰에 묻습니다.
국어사전, 영어사전, 옥편을 놓고 글을 쓰는
우리 같은 세대는 이제 거의 없다고 합니다.
지금도 종이 신문을 읽고, TV는 거의 안 보고,
책을 사 들고 집으로 올 때면 행복해지는 사람은
천연기념물이 되어 갑니다.
책을 많이 읽는 사람에게는 향기가 납니다.
책을 안 읽는 사람은 책을 못 읽는 사람보다 나을 게 없습니다.
세계는 한 권의 책입니다.
책 속으로 떠나지 않으면 한 쪽짜리 인생이라고 합니다.
내면이 한층 더 찬 성숙한 인격체를 만 권의 책이라 합니다.
학력, 학위로 평가받기보다

얼마나 많은 책을 읽고 교양을 쌓았는가로
평가하는 시대가 와야 합니다.
그래야 서점이 늘어나고
독서하는 사람들을 곳곳에서 볼 수 있을 것입니다.
파리에서 스위스로 가는 떼제베를 탔을 때
자꾸만 끌어당기는 그 무언가 기운을 느끼고 뒤돌아보니
은발의 할머니께서 책을 읽고 계셨습니다.
앞자리에서는 육감적인 반바지 차림의 아가씨들이
떠들고 있었지만… 그녀들은 그저 여자(女子)일 뿐
향기 없는 종이 장미 같았고
조용히 혼자 책을 읽고 있는 할머니의 기품 있는 지성미는
그윽한 향기가 감도는 분위기를 만들고 있었습니다.
기품이란 금세 만들어지는 것이 아니기에…
참으로 아름답고, 고귀한 품위입니다.
할머니는 비록 늙었지만 아름다움은 늙지 않았습니다.
책이라는 내면의 화장품이 있는 한
그 품위는 사라지지 않을 것입니다.

독(毒) 있는 부모

독(毒) 있는 부모를 독친(毒親)이라고 합니다.
어떻게 부모에게 독이 있겠는가?
부모는 아낌없이 내어주는 사람이거늘
어찌 독이 있을 수 있을까?
하지만 사랑이라는 이름으로 포장된 독(毒)!
그 독 때문에 자식이 고통받고 잘못되어 가는 경우가 많습니다.
물고기 잡는 법을 가르치는 것이 아니라
손수 잡아다 자식의 입맛대로 조리해 바치는 부모
아이는 예술인 기질을 타고나 아티스트가 되고 싶은데…
부모는 판검사가 되라며 밀어붙이고
의사가 되라고 하소연하고…
아이는 만화가가 되고 싶은데 과학자가 되라고 하고…
나무도 그 나뭇결 따라 길러져야 하는데
〈부모〉라는 이름으로 횡포를 부리는 사람들
그들은 자식을 사랑한다면서 자기들의 꿈을
대신 이루어 주길 바라는 독 있는 부모인 것입니다.
어린 시절에는 자기들 유리한 쪽으로 방치했다가
다 자라서 스스로 진로를 선택한 기로에 서 있을 때
내가 네 엄마인데, 아빠인데
왜 그리 말을 안 듣는 것이냐고 따지고 드는 부모
부모라 하여 무조건 순종해야 한다며 호령하는 사람들
아이들은 신(神)이 우리에게 맡기신 소중한 존재입니다.

내 자식이라 해서 함부로 대하고 좌지우지해서는 안 됩니다.
세상이라는 바다를 항해할 때 등대가 되어 주고
나무가 힘겨워할 때 버팀목이 되어 주고…
아이의 말을 경청하며 함께 가는 동행(同行)
그런 부모가 훌륭하다고 믿습니다.
애착장애가 있을 경우 그 사람은 성인이 되어서도
좋은 부모, 좋은 배우자가 되기 어려운 것입니다.
부모 자격증이 있는 사람만 부모가 되어야
사회문제가 줄어드리라 생각합니다.
이런 자격증, 저런 자격증 많은 자격증을 획득했지만…
부모가 되는 교육은 전혀 받지 않은 사람들
그 어떤 공부보다
심리학, 가족학 공부가 필요한
시대를 지나가고 있습니다.

상처

살면서 상처 없는 사람은 없습니다.
몸에 입은 상처가 아니라
정신, 마음에 입은 상처를 말합니다.
그 트라우마를 완전히 낫게 할 수는 없지만…
상처와 함께 상처를 안고,
상처를 보듬고 때로는
상처로부터 배우며 조금씩 나아가야 합니다.
상처란 엄청난 예외가 아니라
존재의 필수적 성립조건이라고 생각합니다.
누구에겐가 입으로, 말로 상처를 입혔다면
하루라도 빨리 서둘러
상처에 대해 사과해야 합니다.
산다는 것
그것은 어쩌면 죄를 지으면서, 부끄러워하면서
그렇게 세월을 지나가는 것일 수도 있습니다.
내 상처만 아픈 것이 아니라
남의 상처를 치유시켜 주는 그런 사람들이 늘어나고
숲 치료, 음악 치료, 춤 치료, 푸드 세라피 등
상처를 치유케 하는 방법이 더 많아지기를…
상처에서 새 살이 돋기를 기도해야겠습니다.

먼~ 훗날 다시 만나면…

사람들은 이해타산에 밝아서 조금만 내게 손해를 끼치거나
상처를 주면 다시는 안 만나야겠다고 결심하기도 합니다.
이 우물을 다시는 안 마시겠다 침 뱉고 돌아서도
목마르면 다시 찾아가야 하는 것처럼
인간관계도 무 자르듯 싹둑 잘라 낼 수 없습니다.
먼~ 훗날 다시 어느 골목에선가 만나더라도
반갑게 손잡고 인사해야 하듯
〈관계〉를 아름답게 관리하는 사람은
작은 성공이라도 거머쥘 수 있을 것입니다.
홀로 섬이 될 수 없는 것이 인간사!
서로 끈을 끊지 말고 배려하고, 사랑하고 용서하면서
그렇게 산다면 꽃이 지는 날 외롭더라도 전화할 곳이 있고
비 내리는 날 커피 한잔 나눌 친구가
나를 창 넓은 찻집에서 기다릴 것입니다.
너무나 오래 안 만났던 친구
그 친구를 찾았더니 이미 돌아올 수 없는
강(江)을 건넌 경우도 있습니다.
관계를 잘 관리하는 현명한 사람이 되어야겠습니다.
지금부터라도 늦지 않았습니다.

유서(遺書)

많고 많은 노래가 있습니다.
그 노래 중에 마음에 드는 노래를 곧잘 흥얼거리며
단골 솜씨로 삼습니다.
우리 어머니의 단골 솜씨는 〈봄날은 간다〉
어렸을 때는 "연분홍 치마가 봄바람에 휘날리더라…"
이런 노래를 부르시던 어머니의 마음을 헤아리지 못했지만…
지금은 알뜰한 그 맹세에 봄날은 간다.
그 구절에는 으레 눈물이 납니다.
알뜰한 맹세는 가고 이해타산만 남은 관계…
많은 노래는 미리 써 둔 유서라고 합니다.
산소호흡기를 꽂고 있는 남편 앞에서
이러지도 저러지도 못하는 아내
미리 사전(事前) 의료의향서를 작성해 두었다면
생명 연장에 15년 세월을 고통스러워하지 않았을 텐데…
그냥 생명만 유지해도 좋다는 가족들
인연이란 바람처럼 왔다가 흩어지는 것
우리는 어쩔 수 없이 인연의 수인(囚人)이 돼야 합니다.
그 누군가 떠나간 자리에서, 바람 같은 세월에서
우리가 세상에 다녀간 이유는 무엇일까요? 묻습니다.
유언장을 작성해 놓고 사는 것이 훨씬 아름답다는
웰다잉 강사는 말합니다.
보다 진실하고, 경건하게 살려면
유서를 써 놓는 것도 바람직한 방법이라 생각합니다.

미리 써 둔 유서—노래
그 노래 중 한 곡을 골라 불러 봅니다.
난감하네~ 사전 의료의향서는
당하는 죽음에서 맞이하는 죽음으로! 가는 확인이라 합니다.
죽음은 성장(成長)의 마지막
죽을 때까지 성장해야 하는 100세 시대를 살고 있습니다.
더 나은 내가 되기 위한 성장
멈추면 추해지리라 믿습니다.

작은 것이 아름답다

작은 것이 아름답다는 경제학 용어가 있습니다.
거리에서도 작고, 앙증맞은 차들이 눈에 많이 띕니다.
대체로 우리나라 사람들은 큰 집, 큰 차, 큰 체격…
큰 것을 선망했었습니다.
그러나 요즘 젊은이들은
작고, 튼튼한 것을 공유하려 합니다.
함께 쓰고, 빌려 쓰고…
열섬에 갇힌 듯 40도를 육박하는 더위
우리는 아마도 우리 스스로 열섬을 만들고
거기에서 숨막혀 하는지도 모릅니다.
온통 비닐, 플라스틱, 스티로폼…
100년이 가야 썩는 종이 기저귀
플라스틱 용기 500년 이상, 우유팩 5년, 종이는 2~5개월
이 성난 지구를, 온난화를 어떻게 달래야 할는지
매일매일 실천해야 할 것입니다.
우는 아이 달래기야 쉽지만
화난 지구를 달래려면 온 세계가 노력해야 합니다.
덜 쓰고, 덜 버리고, 작은 것을 잘 사용하고…
쓰레기를 하천에 버리고 가는 낚시꾼이
물오리는 제일 밉다고 합니다.
자기가 머물렀던 자리를 더럽히고 가는 사람이
제일 밉다는 것입니다.

지구온난화로 생성된 열에너지의 93%를
바다가 흡수한다고 합니다.
수십 년의 온실효과는 아직 반영되지 않은 상태라
훗날 바다에서도 불이 나지 않을까 걱정입니다.

손

손을 보면 그 사람의 살아온 이력이 보입니다.
이력서라 할까요?
네일아트로 아무리 예쁘게 다듬고, 칠했어도
불성실한 손은
결코 감동적이지 않습니다.
일하느라 손마디가 굵어졌어도
아픈 이를 쓰다듬고, 어루만져 주고, 눈물을 닦아 주는 손
떠나는 이에게 손 흔들어 주는 손
게으르지 않고 늘 무언가 만들어 내는 손
청소하는 손은 아름답습니다.
때 묻은 영혼을 가다듬고, 깨끗하게 해 주는
교회 목사님의 설교 중 성경의 전도서 11장 1절을
가장 아끼고 따르며 살고 싶습니다.
"내 떡을 흐르는 강물에 던져라 후에 네게 돌아올 것이다!"
"네 식물(食物)을 물 위에 던져라. 여러 날 후에 도로 찾으리라."
식물을 씨앗으로 설교하시는 목사님
강물 위에 씨앗을 던지면 그 씨앗이 옥토에서 자라
풍성한 수확을 가져온다는 이 구절이 내 인생의 지침이 되어
하루에 적은 액수의 돈이라도, 선(善)이라도 나누려 하는 내게
웃는 지인도 있고, 칭찬하는 친구도 있습니다.
가장 가난한 사람이 가장 좋은 것을 받아야 함에도
사람을 무시하는 사회, 그런 사회에도 선의 꽃은 피고

"네 떡을 흐른 강물에 던지라!" 는 말을 품고
헌신의, 헌금의 씨앗을 뿌리는 친구가 아름답기에…
나는 흐르는 시간에 어떤 씨앗을 던지고 있을까? 자문한다.
고대 이집트 사람들의 농사법은
씨앗을 물 위에 던졌다고 합니다.
선행(善行)을 행하고 그것을 물속에 던져라!
어느 날 그것을 발견하게 된다!
여름 내내 피곤했던 머리를 말갛게 해 주는 구절로
남은 인생을 살아야겠습니다.
어느 날 던져 버린 그것을
비록 발견하지 못한다 할지라도…

죽은 나무를 살린다

N시로 가다 보면 Y읍에 목공방이 있습니다.
그곳에는 죽은 나무로 가구를 만드는
가구의 장인(丈人)이 계십니다.
형형한 눈빛, 깡마른 몸
그리고 그분의 아들은 태권도로 다져진 몸으로
아버지에게서 〈나무〉와 황토를 배웁니다.
가만히 듣고 있으면
죽은 나무에게서 향기로운 소리가 들립니다.
"나를 살려 주세요! 나를 그대로 두면 한 해 한 해 썩고 바스라져 갑니다."
33년을 마주보며 살아온 히말라야시타
그 나무는 솔로몬 왕이 성전을 지을 때 쓴 신목(神木)입니다.
하얀 철새가 날아와 우짖고 무어라 말하던 나무
그 나무를 뽑아 버릴 수는 없었기에
목공방 황 선생의 손으로 책상, 걸상, 다탁, 스카치
이렇게 향이 배어나와 사람을 평화롭게 하는
가구로 만들었습니다.
그 나무는 다시 살아 서재에서 거실에서 말을 합니다.
우리 나무는 말없이 울고 있었노라고.
우리를 함부로 대하는 사람들
뽑아 불로 때는 사람들
묵묵히 33년을 함께 바라보며 살아온 히말라야시타여!

너는 다시 살아 나와 함께 있노라.
사랑하는 설송(雪松)이여!
너에게 날아와 살아가던 철새가 다시 오니
나무는 몸통이 잘려 있고, 그루터기만 남아 있구나.
그 그루터기에 앉았다가
꺼억꺼억 울며 날아가는 하얀 새
언제 다시 너를 만나랴.
나무 향기를 맡으며 죽은 나무 살리시는 황 선생님!
오늘도 죽은 나무를 살리십니다.

약속(約束)

우리는 어릴 때부터
〈약속〉은 꼭 지켜야 한다고 교육을 받았습니다.
자라 어른이 되어 지키지 못한 약속이
드문드문 있었기에 와락 부끄러워지기도 합니다.
지키지 못한 약속은 허공으로 사라지고…
계절은 우리와 달력 속에서 약속했지만 거의 지켜 나갑니다.
입춘이 오면 겨울은 서서히 고개 숙이며 떠나고
입추가 오면 기세등등하던 여름이 꺾이고
가을 햇살이 '온누리에 겸손하라!' 면서 가득합니다.
가을엔 국화를 좋아하는 벌들이 날아오고
봄에는 호박꽃에 벌들이 찾아옵니다.
벌들과 나비는 꽃들과 약속했나 봅니다.
올봄에 꼭 다시 찾아오겠노라고…
올가을 꼭 다시 찾아오겠노라고…
첫눈이 오면 시골역 앞에서 만나자던 첫사랑
그 약속은 어디로 갔을까요?

나는 민들레

서당 문(門) 둘레에 심었다는 꽃
그래서 문 둘레에서 민들레로 불리게 되었다는 덕(德)이 많은 꽃
아직은… 완연한 봄이 아니건만
작고, 앙증스러운 민들레는 보도블럭 사이에서도
안녕? 하고 인사합니다.
어디나 흙만 있으면 민들레 홀씨는 날아와
봄을 기다리고 자기의 일생을 그곳에서 보냅니다.
와! 민들레다.
아이들도 어른도 민들레의 모습에 환한 미소를 짓습니다.
어쩌면! 저토록 좁은 곳에서도 싹이 돋고, 꽃이 피고
자기 종족을 바람에 부탁해
이곳저곳으로 퍼트리는 그 끈기, 적응력
민들레는 그 어떤 꽃보다 예쁩니다.
강하고도 사람들에게 약이 되는 성분을 지니고 있는…
이 세상 어느 꽃보다 민들레를 닮고 싶습니다.
짓밟히고도 다시 일어나 피는 꽃…
노란색보다 흰색 토종 민들레가 더 매력 있습니다.
민들레보다 더 매력 있는 꽃이 있을까요?

4부

시인의 작은 도서관

감자꽃

들녘을 지나다 보면
하얀 꽃이 소박한 색깔로
한들거리고 있음을 봅니다.
간혹 보라색 꽃도 있는데 흰 꽃이 더 많습니다.
자주 꽃 핀 건 자주 감자
파 보나 마나 자주 감자
하얀 꽃 핀 건 하얀 감자
파 보나 마나 하얀 감자
〈감자〉, 이런 동시가 있습니다.
어떤 흙에서나 잘 크는 감자!
한 소쿠리 삶아 밤하늘을 올려다보며
옥수수와 함께 먹던 어린 시절을 가진 사람들에게
감자꽃은 소박하게 웃어 주는
어린 시절의 친구 같습니다.
감자꽃이 피는 초여름입니다.

기어서라도 가리라

어쩌다가 달팽이가 기어가는 모습을 보노라면…
저렇게 가다가 밟혀 죽으면 어쩌나?
저러다가 말라죽으면 어쩌나? 걱정이 되곤 합니다.
집은 어쩌고 맨몸으로 나와 기어가는 달팽이
어떻게 해야 그 달팽이를 살릴 수 있을는지 몰라 허둥대다가
그냥 돌아서곤 하는데…
달팽이를 보노라면 흡사 〈나〉를 보는 듯합니다.
〈꿈〉을 향해 가다가 장애가 생기면 멈추고…
또 가다가 포기하고…
그러나 나이가 익어 가는 것이라
생각하게 되고부터는 입을 꼭 다물고
그래! 나는 기어서라도 가리라.
내 꿈을 향해서 기어서도 가리라.
민달팽이처럼 기어가다가
〈꿈〉이 밟힌다 하더라도 가리라.
꿈을 잃지 않는 한 늙지 않는 것이기에…
걷지도 못하는 아기가
기어서 기어서 엄마에게 가는 것처럼
〈꿈〉을 향해 기어서라도 가리라.

걱정 말아요! 그대

늘 걱정이 많은 사람이 있습니다.
비가 오면 비가 오는 대로 눈이 오면 눈이 오는 대로…
햇살이 너무 맑고 투명하면 그것대로 걱정인 사람.
그런 사람에게 전 모 가수가 노래합니다.
'걱정 말아요! 그대'
걱정을 한다고 달라지지도 않을 일을
걱정하는 것도 참 딱합니다.
스스로에게 불안을 떨치려고 말을 겁니다.
'돈 워리!'
일도 사랑도 한 단계씩 오르면 되니까.

정신의 양식, 詩

옛날 1950년대에는 양식이 귀해서 식구는 많고…
쌀독을 득득 긁는 소리에 아이들 배에서는
꼬르륵 소리가 들려오고, 어른들은 언제나
밥에 고깃국을 먹어 보나 걱정했다고 합니다.
먹을 게 지천인 요즘
방송에서도 〈먹방〉에서
이것 먹어라, 저것도 드셔 보세요 야단입니다.
책방은 운영난을 견디다 못해 문을 닫고 떠나고…
스마트폰으로 소설도, 영화도 볼 수 있고
대학 공부도 그 어떤 것도 할 수 있는 시대에
책장을 넘겨 가며 독서하는 사람을 거의 볼 수 없습니다.
정신의 양식인 詩
정신적 허기가 질 때는 시 한 편을 낭송해 본다면
그 허기가 가심을 느낄 수 있습니다.
먹을 것 파는 곳은 온 천지인데
정신의 양식을 파는 서점은 거의 사라져 가는
이 현실 속에서 한 줄의 시가
〈마음에 생긴 사막〉을 건너게 합니다.
삶이 그대를 속일지라도
슬퍼하거나 노하지 말라.

고마워요! 고무나무

요즘 세계 각국에서는 미세먼지로인해 고통스러워합니다.
미세먼지를 많이 마시면 뇌도 나빠진다니 무섭습니다.
공기청정기가 잘 팔리고 〈좋은 공기〉를 찾아다닙니다.
그런데 고무나무가 미세먼지를 먹는다고 합니다.
고무나무를 좋아하지 않는 사람도 이제는
고무나무를 집안에 한두 분(盆) 키우며 공기정화를 부탁합니다.
미세먼지를 먹고도 반질반질한 잎사귀, 튼튼한 자태
고마워요 고무나무! 너 때문에 살 만해요.
행운목, 스킨답서스도 미세먼지에 강하다고 합니다.
평당 한 개의 화분이 필요해요.
30평이면 30개의 화분이…
화분 전성시대에 살고 있습니다.

울고 있는 나무들

나무만큼 사람들에게
이롭고 위로가 되는 존재도 드뭅니다.
속이 상해 눈물이 흐르다가도 숲속에 들어가
나무들의 향기와 수런거림을 듣노라면
가슴이 뻥 뚫리고
그 누군가 어깨를 토닥토닥해 주는 듯 편안해집니다.
아! 그래! 살 만한 게 인생이야.
나무를 안고 귀 기울이면
물을 빨아올리는 소리가 들립니다.
그런데 툭하면 나무를 베어
싣고 가는 차들을 보면 가슴이 아픕니다.
소나 닭을 싣고 가는 차를 보면 눈물이 납니다.
그 좁은 차에 싣고 도축장으로 가는 차를 보면…
가슴이 아프고 나무를 베어 나르는 차를 보면 미안합니다.
그저 미세먼지 마시며
새들에게 둥지를 틀게 나뭇가지 내어주고
사람들에게 조용한 위로를 준 죄밖에 없는데…
툭하면 자르고 꺾고…
그토록 자라온 세월 생각도 않고
함부로 대할 때 나무들도 웁니다.
바람이 위로해 주면 더 크게 웁니다.
솨~~~솨~~~

개미 나라 목사님

여름에도 부지런히 먹이를 나르고
집에 쌓아 두는 개미가 사는 개미 나라
매미 껍질 하나 물고
'오늘 이게 웬일이니? 대박이다! 대박이야!'
호호 하하 웃으며 신이 난 7월 어느 무덥던 날입니다.
35도를 넘는 폭염이라 그런지
개미가 한 마리, 두 마리 죽어 갔습니다.
일개미들은 하늘에서 이글거리는 해님이 미웠습니다.
죽은 개미들을 위하여 개미 나라 교회 목사님이 오셨습니다.
너무나 자주 오시는 목사님
'땅 위에서 힘들었으니 하늘나라에서 편하게 살아요. 아멘!'
늘 기도해 주시는 목사님도 힘이 들어서 병에 걸렸습니다.
개미들은 목사님을 위해 매일 기도합니다.
힘든 사람들 위로해 주느라 자기 몸 돌보지 않은 목사님
건강하게 하여 주소서.
숲속 작은 개미나라 교회에 기도 소리가 가득하고
애벌레로 7년을 살다가 매미가 되어
일주일을 살다가는 매미 울음소리가 소나기처럼 쏟아집니다.
겨우 일주일
여름이 없이 가을이 올 수 없기에
땀 흘리며 여름을 가꿉니다.

걱정 많으신 목사님, 웃어 보세요.
그 개미들 천국에서 잘 있다고 이메일 왔으니까요.
그 누구에겐가 버림을 받는 것만큼
서럽고 두려운 것은 없습니다.

너를 떠나지 않으리라

아이들은 엄마와 떨어져 지내는 시간이 즐겁지 않습니다.
유치원에 다니는 아이들은 친구들과 놀다가도
문득문득 〈엄마〉와 떨어져 있음에 가슴 서늘해 울기도 합니다.
엄마가 퇴근하고 유치원이나 어린이집으로 데리러 오면
와락 달려들어 울거나 떼놓고 갔던 엄마가 서운해
뒤돌아서 따라가지 않으려합니다.
다시 떨어질 때의 아픔을 겪기 싫어서 말입니다.
어렸을 때 이별을 겪은 사람의 트라우마는 평생 갑니다.
겉으로 드러나지 않는 외상(外傷)
회자정리(會者定離)라고 만나면 헤어지게 되어 있습니다.
그러나… 한번 닿은 인연
그것이 혈육 간의 인연이든, 친구와의 인연이든
이웃과의 인연이든 그 인연을
잘 가꾸고 아름답게 승화시켜야
상처 덜 받는 삶이 됩니다.
우리는 그 누군가가 나를 버릴 것이라 생각하면서
불안하게 사는 인생도 더러 봅니다.
불안장애, 선택장애, 섭식장애…
많은 장애 속에서 그래도 타인을 신뢰하지 못하는
불안은 삶을 아름답게 엮어 갈 수가 없습니다.
다 나를 버렸다면서 아이 둘을 남기고 죽어 간 C모 탤런트
그녀는 어릴 적 부모가 이혼하고 갖은 고생 끝에
자산가로 인기인으로 살다가 떠났습니다.

믿지 못하는 마음의 병(病)
다 버려도 너를 버리지 않으리라는 음성이 들립니다.
그 음성은 믿음을 주고 삶의 파도에
구명조끼를 주는 분의 것입니다.
나는 너를 버리지 않으리라!

한 나무

나무는 조용히 침묵하고 있지만…
보는 사람에 따라 많은 말을 듣게 됩니다.
영성(靈性)이 있다고나 할까요?
나무는 하늘을 쳐다보며
비가 오면 맞고, 눈이 내리면 내리는 대로
새가 오면 오는 대로 그렇게 조용히 살아갑니다.
어느 날, 새들이 집을 짓고 살던 나무가
예고도 없이 뽑혀 어디론가 실려갈 때
새들은 우짖으며 그 나무를 실은
낡은 트럭을 따라 날아왔습니다.
내 새끼들! 내 새끼들도 함께 실려가기에 따라간 것입니다.
운전자는 의아해서 트럭을 길가에 멈추고 보니
나뭇가지에 지은 집 속에서
어린 새들 몇 마리가 놀라 울고 있었고
따라오던 어미 새는 그 새끼들에게 다가가
함께 울고 있었습니다.
아직 날지도 못하는 어린 새들을 어찌할까 몰라
파드득 거리는 모습에 그 운전사는 눈물을 흘리며
자기를 이웃집에 맡기며 일 나갈 때
늘 눈물 짓던 어머니를 떠올렸습니다.
엄마!

30대 운전사는 눈물을 훔치며
새집을 길가 키 작은 가로수에 얹어 주었습니다.
어미 새는 그 둥지로 들어가 함께 울어 댔습니다.
오! 얘들아 우리 아가들아!
저 아저씨가 우리를 살려 주었다, 고맙다고 인사해라.
새끼 새들은 입을 짝짝 벌리며 인사했습니다.
아저씨! 고마워요. 엄마와 살게 해 주셔서 고마워요!
안녕!
운전사는 흑흑 울며 달려갑니다.
일터에서 달려와 꼭 안아 주던 어머니
그 어머니를 생각하면서 말입니다.
새도 길고양이도 그 어떤 것도
〈어머니〉는 자식을 버릴 수 없습니다.
둥지에 모인 네 식구는
이제 막 떠오르는 달을 보며 잠이 듭니다.
아저씨! 고마워요, 잘 가세요.
말을 하지 못한다고
사람이라고 말 못하는 생명을 함부로 하는
그런 사람 말고 트럭운전사처럼
착한 사람이 많았으면 합니다.

〈개〉와 〈늑대〉의 시간

개와 늑대의 시간은
해질녘 모든 것이 붉게 물드는 때
다가오는 것이 〈개〉인지 〈늑대〉인지
분간하기 힘든 때를 말합니다.
magic hour라고도 합니다.
황혼녘이 되면 숲속 새들은 어서 오라고
자기들 끼리 부르는데…
어릴 적 밖에서 놀던 아이들
아무개야! 밥 먹어라 옥수수도 쪄 놓았다.
엄마의 부르는 소리에 달려 집으로 가고…
이제는 아이들도 다 자기 자기 둥지에 있고
가족은 달랑 강아지와 늙은 남편 또는 아내
개와 늑대의 시간에
무엇을 해야 할지 모르겠다는 여인이 있습니다.
시를 낭송해 보세요.
짧은 손 편지를 써서
그다음 날 우체국에 가서 부쳐 보세요.
다른 사람들도 그 시간에는 다 외로워합니다.
남에게 베풀며 무엇이 되려 애쓰지 않고
지금 이 순간을 잘 사는 것
그것이 외로움을 덜 타는 방법입니다.

우리 사이의 보이지 않는 끈을
아름답게 가꾸는 것이
곧 인생의 전부입니다.
관심을 갖고, 먼저 다가가고
진실로 칭찬하고, 공감하며
그렇게 관계를 북돋아 가면 진정한 친구가 됩니다.
만 명의 인맥보다 한 명의 친구가 낫습니다.
개와 늑대의 시간에는 더욱 그런 생각이 듭니다.

행복 만들기

어떤 집 강아지의 이름은 해피입니다.
정작 그 녀석은 해피하지 않습니다.
늘 집에 홀로 남아 외롭게 살고 있으니까요.
엄마는 일찍 일터로 가면서 사료와 물울 주고
"해피야! 엄마 잘 다녀올게."
탕 문을 닫고 나가는 엄마가 서운해
우우~ 하늘을 향해 울어도 보지만 소용없습니다.
어두운 저녁에나 오니까요.
행복을 바라지 않는 사람은 없습니다.
행복은 다른 것이 아니라 바로 감사하는 마음입니다.
호주 심리학자 앤서니 그랜트는
'행복하기 위하여 어떤 일을 해야 하는가?' 를
이렇게 제시합니다.
첫 번째 〈추도사〉를 쓴다.
두 번째 〈감사 편지〉를 읽어 준다.
새 번째 〈용서 편지〉를 쓴다.
네 번째 되돌아보고 〈여정〉을 다시 시작한다
행복해지기 위하여 명품울 사고, 고급 음식을 먹고
해외여행을 한다고 결코 행복하지 않습니다.
추도사를 쓰고, 감사 편지를 쓰고, 용서 편지를 쓰고
여정을 다시 시작해 봐야 비로소 행복해집니다.

폴란드의 한 시인은

행복하려면 세 가지가 필요하다고 했습니다.

1) 먹고 살 것이 있어야 한다.

2) 의미 있는 삶을 살아야 한다.

3) 좋아하는 일을 해야 한다.

매일 햇살이 가득하면 사막이 되듯이

매일매일 행복한 사람은 없습니다.

사람은 그 누구나 외롭고, 슬픈 존재이니까요.

〈고난〉이 없는 인생이 어디 있으랴?

고난도 변장해서 오는
〈은총〉이라는 말이 있습니다.
고난을 벗겨 보니
〈은총〉이 그곳에 있었지요.
사람들은 고난을 겪지 않고 평탄하게만
사는 것이 팔자가 좋은 사람이라고 말 하지만…
고난을 겪지 않고 큰 사람은 매력이 작고, 적습니다.
이런 체험, 저런 체험해 보고 겪어 낸 사람은
독특한 향기가 있습니다.
꽃은 젖어도 향기는 젖지 않는다는
어떤 시인의 시가 있지만…
진정 인간미가 풍기고, 나이스한 사람은
고난이라는 용광로에서 담금질이 된 사람입니다.
부끄러운 지난날을 지울 지우개가 있다면
지우고 싶은 세월이 왜 없겠습니까?
생각을 조심해야 했는데…
생각은 말이 되고, 말은 행동이 되고, 행동은 습관이 되는데…
인격을 조심해야 하는데, 인격은 운명이 되니까.
운명도 노력하면 조금씩 조금씩 변화되고
아름답고, 훌륭한 인간으로 거듭날 수 있겠기에
오늘도 거울 앞에서 〈나〉를 보는 것입니다.
그때는 미처 몰랐던 즐거운 일들, 고마운 사람들.

그들을 위해서도 우리는
고난을 피할 궁리보다 껴안고 함께 풀어가는
슬기로운 생활인이 되어야겠습니다.
피아노 치던 손으로 다시 피아노 건반을 누르고
곡(曲)을 쓰던 사람 다시 아름다운 음악을 만들고
그림을 그리던 손으로 붓을 잡고 세상을 그리고…
그리고 다시 한 번 꽃 한 송이 피워 봐야 합니다.
고난 없는 인생이 어디 있겠습니까?

거짓말은 또 거짓말을 낳는다

엄마는 툭하면
'너 시험 잘 보면 로봇 사 줄게.'
'인공지능 강아지 사 줄게.'
약속하십니다.
그러나 그 약속은 거짓말
순하고 모범생인 은후도 따라서 거짓말을 합니다.
30점을 80점으로 고칩니다.
친구들에게도 곧잘 거짓말을 합니다.
'나 이번 여름방학에 스위스 갈 거야.'
'크루즈 여행할 거야.'
고양이들은 새끼를 자주 낳고
사람들은 곧잘 거짓말을 낳습니다.
한 번 한 거짓말은…
지우개로 지울 수도 없고 난감합니다.
난감하지요!

꽃 한 송이 내 마음에 들어오다, 이가을에

생화 꽃바구니 선물은 제발 주지 말아요, 제발!
정말 알뜰하고, 열정적으로 사는 어떤 여인의 부탁입니다.
왜? 참 묘한 여성이다 했는데 이제야 알게 되었습니다.
시들었을 때 버리기도 귀찮고 돈 생각이 난다는 것입니다.
이 돈이면 맛있는 음식 먹을 수 있는데…
꽃은 시나브로 시들고 버리기도 쉽지 않습니다.
그 꽃바구니를 보내 준 사람의 마음이
계속되던 두통을 낫게 해 주고 용기를 주었습니다.
그 여인은 그것 때문에
병원에 가지 않아도 되는 기쁨을 선사 받았습니다.
꽃을 창가에 내놓은 집을 보면
그 집 여주인이 어떤 사람일까? 생각하게 되고
꽃을 돈으로만 계산하는 알뜰함, 애틋한 생각이 듭니다.
여름 내내 폭염에 지친 마음으로 길을 가는데…
작은 카페 앞에 내놓은 화분에서
노란 국화가 한 송이 피어 한들거리고 있습니다.
아, 가을이 오는구나.
지독한 여름도 슬며시 떠나가고 가을이 오는구나.
내 마음에 들어온 꽃 한 송이가
다시 한 번 우아하게 걸어 보자 다짐하게 합니다.
내 마음에 들어온 꽃 한 송이!

인성의 재건축, 인품의 리모델링…

살다 보면 인성(人性)이 바로 된 사람이
자손도 잘 되고 스스로의 만년에 존경받고
건강 때문에 눈물 흘리는 경우도 적다고 합니다.
살면 살수록 죄도 많이 쌓이고, 부끄러움도 쌓이는데…
어떤 사람은 말도 덕스럽게 하고
웃는 얼굴이고, 어려운 사람 도우려 하는데
어떤 사람은 늘 화난 얼굴로 돌아보고
그저 〈돈〉 되는 일에는 물불을 안 가리고
툭하면 저주의 말을 내뱉고 살더니
되돌아올 수 없는 강을 건너 영어(囹圄)의 몸이 되고
가정도 풍비박산되어 가슴치며 후회하는
인생 만년을 보내고 있다고 들었습니다.
식당에서도 착하게 써빙하는 사람은 팁도 받고
저축도 해 가며 차근차근 부자를 향해 가지만
눈을 부라리며 틱틱거리는 사람은
뭐 저런 사람이 있담, 쯧쯧! 앞날이 뻔하다는 소리를 듣고
안하무인 아무에게나 욕하고 소리 지르며 사는 사람은
어느 날 그 욕이 자기에게 돌아가 하늘나라로 돌아서서도
대우를 못 받는다는 이야기(동화 같지만 사실입니다)
말이 독이 될 수도 약이 될 수도 있음을 그는 모르는지…
말은 복을 누리게도 하고 벌을 받게도 하는 것임을
마흔이 되도록 모르는 사람이 얼마나 가련한가.

툭하면 남의 험담, 약점잡기, 작은 이권다툼, 쌍욕…
우리의 운명은 말에 많이 좌우됩니다.
죽는다, 죽겠다, 죽인다는 사람은 비명횡사하고
말이 씨가 되어 오해를 불러 큰 다툼이 일어나기도 하고
말 한마디로 천냥 빚을 갚기도 합니다.
말이 쌓여 품격이 되고, 인성이 되고, 인품이 되는데…
한번 몸에 밴 습관은 고치기 어렵습니다.
말이 행동이 되고, 행동이 습관이 되고
습관이 성격이 되고, 성격이 운명이 된다고들 하는데…
말 습관이 부정적이고 비판적으로 바뀌면 인생도 실패하게 되고
긍정적이고, 덕성스러운 말을 달고 산다면
삶 역시 긍정적으로 변해 성공적 삶을 살 것입니다.
아파트 재건축 현장에서 낡고 썩은 것들은
어디론가 다 철거되어 사라지고 새로운 마을을 만드느라
바쁜 정경을 보면서 나도 나쁜 습관 있으면 고치고
남에게 도움이 되는 습관을 지니고
말로 천냥 빚을 지는 사람이 아니라
만냥 빚을 갚는 사람이 되어(지혜로운) 아름다운 인생
다시 리모델링해야겠다, 마음을 다집니다.
아무리 화가 치밀어도 상대방의 가장 아픈 곳을
찌르는 사람을 보면서 반면교사는 도처에 있구나
향기나는 말로 재건축되는 새 아파트에

꽃피는 인성이 많기를 기대합니다.
그런 마을에 축복이 자라고 있습니다.
남에게 공포감을 주고
거짓뉴스만 전하는 사람이 없는
이 마을이 축복받은 마을입니다.